Le Petit Prince

Le Petit Prince
어린왕자

Antonie de Saint-Exupéry 원작 | 천선란 추천

1판 1쇄 인쇄 2020년 12월 4일 | 1판 1쇄 발행 2020년 12월 15일

엮은이 권용철
펴낸이 정중모 | 펴낸곳 팡세 | 등록 1988년 1월 21일(제406-2000-000202호)
편집장 서경진 | 편집 조웅연, 강정윤 | 디자인 권순영
마케팅 김선규 | 제작 윤준수 | 관리 이원희, 고은정, 원보람
주소 경기도 파주시 회동길 152
전화 031-955-0700 | 팩스 031-955-0661 | 홈페이지 www.yolimwon.com
전자우편 bbchild@yolimwon.com
ISBN 978-89-6155-910-2 04800, 978-89-6155-907-2(세트)

어린이제품안전특별법에 의한 제품 표시
제조자명 파랑새 | 제조년월 2020년 12월 | 제조국 대한민국 | 사용연령 8세 이상

Le Petit Prince
어린왕자

생텍쥐베리 원작 | 천선란 추천

팡세

어린 왕자는 한동안 말이 없다가

입을 열었습니다.

"우리에게 보이지 않는 꽃 때문에

별들이 아름다운 거야."

차례

모자 그림 15

사막에서 만난 아이 23

작은 별 33

숫자를 좋아하는 어른들 43

바오밥나무 51

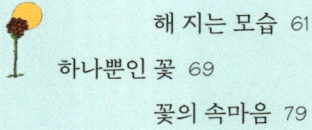

해 지는 모습 61

하나뿐인 꽃 69

꽃의 속마음 79

꽃과 헤어질 때 91

임금님이 사는 별 101

허영쟁이가 사는 별 111

술주정뱅이가 사는 별 119

장사꾼이 사는 별 127
가로등 켜는 아저씨가 사는 별 137
지리학자가 사는 별 147

지구에 온 어린 왕자 157
메아리가 하는 말 167
오천 송이 장미꽃 175

여우가 한 말 183
바쁜 사람들 201
목마름을 없애는 약 207

별들이 아름다운 건 213
사막에 있는 우물 223

제 별로 돌아간 어린 왕자 233
가장 아름다운 그림 251

천선란이 만나 본 어린왕자

어른이 된다는 건 외로움을 잘 감추게 된다는 것일까. 나는 가끔 어른이란 게 너무 외롭고 힘겨워 보인다. 모두가 주식과 골프, 부동산에 관심이 있지는 않을 텐데 어른이라면 마땅히 그런 것에 관심이 있어야 한다는 것처럼 군다. 그런 기준은 도대체 누가 만든 것일까. 끊임없이 홀로 있는 연습을 하며, 하나의 별에서 태어났던 우리는 그렇게 '나'가 되고 그렇게 '개인'이 되어 아주 좁은 별에서 외롭게 살아간다. <어린왕자>가 슬프게 읽히는 이유는, 잊고 지냈던 어린 시절의 '나'를 떠올려

서가 아니라 한때 내가 누군가와 함께였다는 것을, 내게도 장미가 있었고 상자에 든 양이 있었다는 것을 이미 너무나도 잘 알기 때문일지도 모르겠다. 알고 있지만 그때로 돌아갈 수 없을 만큼 내 별은 멀리 떨어져 있으니까.

어린왕자의 말처럼 이곳은 이상한 별이로구나. 아주 메마르고, 몹시 뾰족하고. 이렇게 있다가는 모두가 외로워질지도 몰라. 하지만 우리의 비행기는 고장 났고 지금 내게 필요한 것은 물이다. 어린왕자가 지나온 별이 아름답다는 건 알지만, 그렇다고 고장 난 비행기를 억지로 끌고 날아갈 순 없으니까. 그래서 우리에게는 어린왕자가 해 주는 이야기가 필요하다. 책을 덮으면 어린왕자의 이야기를 우리는 또 잊게 되겠지만, 상자 속에 그려진 양처럼 책을 펼치면 언제든 어린왕자를 만날 수 있다. 이미 서로 다른 별에 살게 된 건 어쩔 수 없으니, 대신 우리가 서로 다른 별에 살고 있다는 사실을 잊지 않으려 노력하면 된다. 그렇다면 언젠가 어린왕자가 찾아와 나에게 말하는 다른 별의 이야기들을 이상하게 생각하지 않을 테니까.

소설가 천선란 (한국과학문학상 장편 대상 수상)

Le Petit Prince

어린왕자

모자 그림

나는 어릴 때 『겪은 이야기』라는 원시림(사람의 발길이 닿지 않은 큰 나무들이 우거져 있는 숲)에 대한 책에서, 놀라운 그림을 하나 본 적이 있습니다.

그것은 '보아'라는 구렁이가 사나운 짐승을 집어삼키는 그림이었습니다. 그것을 옮겨 그리면 다음과 같습니다.

책에는 이런 말이 쓰여 있었습니다.

"보아구렁이는 먹이를 씹지 않고 통째로 집어삼

킨다. 그러고 나서는 꼼짝도 하지 않고 먹이가 삭는 여섯 달 동안 잠만 잔다."

나는 깊은 숲에서는 어떤 일들이 일어날까 하고 곰곰이 생각해 보았습니다. 그러다가 나도 색연필을 가지고 그림을 그렸습니다.

첫 번째로 그린 그림은 이러했습니다.

나는 훌륭한 내 그림을 어른들에게 보이며, 무섭지 않느냐고 물어 보았습니다.

어른들은
"모자가 왜 무섭니?"
하고 말했습니다.

내 그림은 모자가 아니었습니다. 보아구렁이가 코끼리를 삭히고 있는 것이었습니다.

나는 어른들이 알아볼 수 있도록 보아구렁이의 속을 그려 보였습니다.

어른들은 언제나 일일이 다 말해 주어야 합니다.

내 두 번째 그림은 다음과 같았습니다.

어른들은 속이 보이고 안 보이는 보아구렁이 그림 같은 건 그리지 말고, 지리·역사·산수·문법 공부나 하라고 했습니다.

내가 여섯 살 때 화가가 되기를 그만둔 것은 이 때문이었습니다.

나는 다른 일을 찾을 수밖에 없었습니다. 그래서 배운 게 비행기를 부리는 것이었습니다.

나는 비행기를 타고 세계 이곳저곳을 날아다녔습니다.

나는 많은 어른들을 알게 되었습니다. 오랫동안 그들과 가까이 지냈습니다.

나는 좀 똑똑해 보이는 어른을 만나면, 지니고 있던 첫 번째 그림으로 한번 떠보았습니다. 제대로 알아보나 싶어서였습니다. 그러나 대답은 언제나 모자라는 것이었습니다.

그럴 때는 보아구렁이니 원시림이니 별이니 하는 이야기는 하지 않았습니다. 어른이 알아들을 수 있는 골프니 정치니 넥타이니 하는 이야기를 꺼냈습니다. 그러면 그 어른은 똑똑한 사람을 알게 되었다며 몹시 기뻐했습니다.

Le Petit Prince

어린왕자

사막에서 만난 아이

 나는 6년 전 비행기가 사하라 사막에서 고장이 났을 때까지, 마음을 터놓고 지낸 사람 없이 혼자서 살아왔습니다.

 비행기 고장은 엔진에서 난 것이었습니다. 정비사도 손님도 없었기 때문에 나는 혼자 비행기를 고쳐야 했습니다.

내게 있어서 그것은 죽느냐 사느냐 하는 중요한 문제였습니다. 물도 겨우 팔 일 동안 마실 것밖에 없었습니다.

 첫날 밤, 나는 사람이 사는 곳으로부터 수만 리 떨어진 모래 위에서 잠을 잤습니다. 넓은 바다 한가운데에서 뗏목을 타고 떠다니는 사람보다 더 외로웠습니다. 그러니 해가 뜰 무렵 이상한 목소리를 듣고 잠이 깨었을 때 얼마나 놀랐겠습니까!

 그건 이런 말이었습니다.

"아저씨, 나 양 한 마리만 그려 줘."

"응?"

"나 양 한 마리만 그려 줘."

 나는 놀라 벌떡 일어났습니다. 그러고는 눈을 비비고 주위를 둘러보았습니다. 나를 말끄러미 바라보고 있는 어린 친구가 있었습니다.

여기 있는 것이 훗날 내가 그린 그의 모습 가운데서 가장 잘된 것입니다. 물론 내 그림은 진짜 모습보다는 훨씬 덜 아름답습니다.

"너 거기서 뭘 하고 있는 거냐?"

나는 가까스로 정신을 차리고 물었습니다.

그 애는 아주 큰일이기나 한 것처럼 가만히 같은 말을 되뇌었습니다.

"아저씨, 나 양 한 마리만 그려 줘."

나는 그림을 그릴 줄 모른다고 했습니다.

"괜찮아. 나 양 한 마리만 그려 줘."

나는 양을 그려 본 적이 없기 때문에, 내가 그릴 줄 아는 두 가지 그림 중에서 하나를 그려 보였습니다. 속이 보이고 안 보이는 보아구렁이 그림이었습니다.

어린 친구는 놀랍게도 이렇게 말했습니다.

"아니야, 아니야! 언제 내가 보아구렁이 뱃속에 코끼리 들어 있는 거 그려 달랬어? 보아구렁이는 아주 위험한 거야. 코끼리는 아주 거추장스럽고. 우리 집은 아주 조그마해. 난 꼭 양이 있어야겠어. 나 양 한 마리만 그려 줘."

나는 할 수 없이 양을 그렸습니다.

"아니야! 이건 벌써 병이 잔뜩 들었는걸. 다른 거 하나 그려 줘."

나는 다시 그렸습니다.

어린 친구는 할 수 없다는 듯이 생긋 웃었습니다.

"아저씨, 이건 양이 아니고 염소잖아. 뿔이 있으니 말이야……"

나는 또다시 그림을 그렸습니다. 그러나 그것도 먼젓번 것들처럼 퇴짜를 맞았습니다.

"이건 너무 늙었어. 난 오래 살 수 있는 양을 갖고 싶어."

나는 어서 비행기를 고쳐야 했기 때문에, 그림을 아무렇게나 그려 놓고 한마디 툭 했습니다.

"이건 상자다. 네가 가지고 싶어 하는 양은 이 속에 있다."

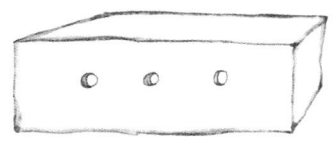

 어린 친구의 얼굴이 뜻밖에도 환해졌습니다.
 "이게 바로 내가 갖고 싶어 하던 그림이야! 이 양은 풀을 많이 줘야 할까, 아저씨?"
 "왜?"
 "우리 집은 무척 작으니까 말이야."
 "괜찮아. 내가 그려 준 양은 아주 조그만 거니까."
 아이는 머리를 숙여 그림을 들여다보았습니다.
 "그렇게 작지도 않는데 뭐. 야! 양이 잠들었다……."
 이렇게 해서 나는 어린 왕자를 알게 되었습니다.

Le Petit Prince

어린왕자

작은별

 그가 어디에서 왔는지를 알기까지 많은 시간이 걸렸습니다. 어린 왕자는 나에게는 여러 가지를 물어 보면서, 내가 묻는 말은 조금도 듣는 것 같지 않았습니다.
 나는 그가 어쩌다 하는 말을 통해 어린 왕자에 대해 차츰 알게 되었습니다.

가령 내 비행기를 처음 보았을 때 어린 왕자는 이렇게 물었습니다.

"이 물건은 뭐야?"

"이건 물건이 아니라 하늘을 날아다니는 거다. 비행기야, 내 비행기."

나는 내가 날아다닌다는 것을 가르쳐 주는 것이 자랑스러웠습니다.

"뭐, 아저씨가 하늘에서 떨어졌어?"

"응."

"야, 거 참 재미있다!"

어린 왕자는 기쁘다는 듯이 깔깔 웃었습니다.

나는 화가 났습니다. 내가 딱하게 된 것을 비웃는 게 싫었던 것입니다.

"그럼 아저씨도 하늘에서 왔구나! 아저씨는 어느 별에서 왔어?"

나는 문득 숨겨져 있는 그의 모습을 알아낼 수 있을 것 같았습니다.

"그럼 너는 다른 별에서 왔니?"

어린 왕자는 내 말에는 대답을 하지 않고, 비행기를 들여다보며 머리를 까딱까딱했습니다.

"이걸 타고 왔다면 멀리서 오진 못했겠구나."

어린 왕자는 오래도록 무슨 생각에 잠겼습니다. 그러고 나서 내가 그려 준 양을 주머니에서 꺼내어 가만히 들여다보았습니다.

나는 어린 왕자에 대해서 좀 더 알고 싶었습니다.

"애야, 너는 어디서 왔니? 집은 어디니? 내가 그려 준 양을 어디로 데려가려고 그러니?"

어린 왕자는 아무 말도 하지 않고 생각에 잠겨 있다가 대답했습니다.

"아저씨가 준 상자 말이야, 밤엔 양의 집이 될 테니까 됐어."

"그렇고말고. 착하게 굴면 낮 동안 양을 매어 둘 고삐도 그려 줄게. 말뚝도 만들어 주고."

이 말은 어린 왕자의 마음에 들지 않은 듯했습니다.

"양을 매어 두다니! 어떻게 그런 생각을 할 수 있을까."

"하지만 매어 두지 않으면 제멋대로 가 버리거나, 길을 잃거나 할 것 아니야."

어린 왕자는 다시 깔깔 웃었습니다.

"아니, 가긴 어디로 간단 말이야?"

"어디로든지 곧장 앞으로……."

어린 왕자는 웃음을 거두었습니다.

"괜찮아. 내 집은 아주 작으니까."

그러고는 조금 서글픈 생각이 드는지 덧붙여 말했습니다.

"앞으로 곧장 가도 그리 멀리 갈 수가 없어."

Le Petit Prince

어린왕자

숫자를 좋아하는 어른들

 나는 이렇게 해서 또 한 가지를 알게 되었습니다. 그것은 어린 왕자가 살던 별이 집 한 채보다 조금 클까 말까 하다는 것이었습니다.
 나는 별로 놀라지 않았습니다. 지구, 목성, 화성, 금성같이 사람들이 이름을 붙인 큰 별들 말고도 다른 별들이 수없이 많이 있습니다. 어떤 것은 너

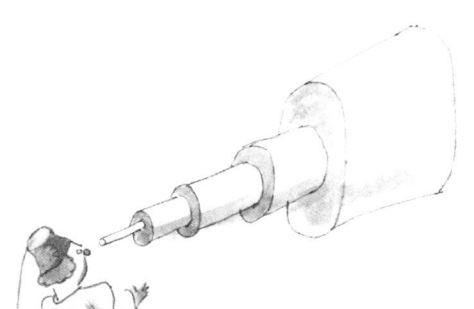

무 작아서 망원경으로도 보기가 어렵습니다.

천문학자는 그런 별을 하나 찾으면 이름 대신 번호를 매겨 줍니다. 이를테면 '소행성 3251호'라고 부르는 것입니다.

어린 왕자가 살던 별은 '소행성 B612호'라고 생각됩니다. 별의 호수까지 말한 것은 어른들 때문입니다. 어른들은 숫자를 좋아합니다.

어른들에게 새로 사귄 친구 이야기를 하면, 가

 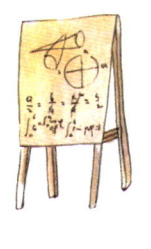

장 중요한 것은 도무지 묻지 않습니다. 어른들은 "그 친구의 목소리가 어떠냐? 무슨 장난을 가장 좋아하느냐? 나비를 모으느냐?" 하고 묻는 일이 없습니다.

"나이가 몇이냐? 형제가 몇이냐? 몸무게가 얼마냐? 그 애 아버지가 얼마나 버느냐?" 하는 것을 묻습니다. 그제야 그 친구를 아는 줄로 생각합니다.

 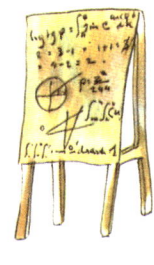

만약 어른들에게 "창틀에는 제라늄 꽃이 피어 있고, 지붕에는 비둘기들이 놀고 있는 붉은 벽돌집을 보았다."라고 하면, 어른들은 이 집이 어떻게 생겼는지 알지 못합니다.
 수억 원짜리 집을 보았다고 해야 "야, 참 훌륭한 집이구나!" 하고 놀랍니다.

Le Petit Prince

어린왕자

바오밥나무

사흘째 되던 날이었습니다.

"양이 작은 나무를 먹는다는 게 정말이야?"

어린 왕자가 갑자기 궁금한 일이라도 생긴 듯 물었습니다.

"응, 참말이다."

"야, 잘됐구나!"

어린 왕자는 말을 이었습니다.

"그럼 바오밥나무도 먹겠네?"

나는 바오밥나무는 교회만큼이나 크기 때문에 코끼리를 한 떼 몰고 가도 다 먹을 수 없을 거라고 했습니다.

"커다란 바오밥나무도 처음엔 조그맣게 돋아나지."

어린 왕자는 재치 있게 말했습니다.

"맞는 말이다. 그런데 왜 네 양이 바오밥나무를 먹었으면 하는 거냐?"

"아이 참!"

어린 왕자는 말할 것도 없다는 듯이 대답했습니다.

나는 혼자서 이 수수께끼를 풀어야 했습니다.

어린 왕자의 별에도 다른 별처럼 좋은 풀과 나

쁜 풀이 있었습니다. 따라서 좋은 풀의 좋은 씨와 나쁜 풀의 나쁜 씨가 있었습니다. 하지만 씨들은 땅속에 숨어서 자고 있기 때문에 눈에 보이지 않습니다.

씨 가운데 하나가 깨어날 생각을 합니다. 기지개를 켠 다음 예쁘고 조그만 싹을 해를 향해 조심스레 내밉니다.

 그것이 무나 장미의 싹이라면 마음대로 자라게 내버려 두어도 됩니다. 그러나 나쁜 풀이면 그것을 알아볼 수 있을 때 뽑아 버려야 합니다.

 어린 왕자의 별에는 무서운 바오밥나무 씨가 있었습니다. 그 나무는 자칫 손을 늦게 쓰게 되면 없앨 수가 없었습니다. 온 별에 퍼져 마구 구멍을 내어 놓습니다. 그래서 바오밥나무가 많으면 작은 별은 깨져 버리고 맙니다.

어린 왕자는 나중에 이렇게 말했습니다.

"아침에 세수를 하고 나면, 별도 잘 보살펴 줘야 해. 장미나무와 가릴 수 있게 되면 곧 바오밥나무를 뽑아 버려야 해. 때를 놓치면 안 돼. 아주 어릴 적에는 바오밥나무와 장미나무가 비슷하니까. 그건 귀찮지만 쉬운 일이야."

한 번은 나에게, 그림을 잘 그려 우리 별에 사는 어린이들의 머리에 이런 생각을 깊이 심어 주라고 했습니다.

"그 어린이들이 언젠가 여행을 하게 되면 도움이 될 거야. 할 일을 나중으로 미루는 게 괜찮을 때도 있어. 하지만 바오밥나무 같은 경우는 큰코

다쳐. 난 게으름뱅이가 사는 별을 하나 알아. 그 게으름뱅이는 작은 나무 세 그루를 내버려 두었다가……."

나는 어린 왕자가 일러 준 대로 그 별을 그렸습니다.

바오밥나무의 위험은 잘 알려져 있지 않습니다. 또 사람들이 길을 잘못 들어 어떤 행성에 발을 들여놓게 되면 큰일을 당할 수 있습니다. 그렇기 때문에 한 번만 윤리 선생님 같은 말을 하려고 합니다.

"어린이들아, 바오밥나무를 조심해라!"

내가 이 그림에 이토록 정성을 들인 것은, 내 친구들에게 모르는 사이에 위험을 당할 수 있다는 것을 깨우쳐 주기 위해서입니다.

Le Petit Prince

어린왕자

해 지는 모습

아, 어린 왕자! 나는 이렇게 해서 조금씩 네 쓸쓸한 생활을 알게 되었다. 너는 해 지는 모습을 보는 것밖에는 놀거리라는 게 없었지.

나는 넷째 날 아침 네가 이런 말을 했을 때 그것을 알았다.

"난 해 지는 모습이 좋아. 우리 해 지는 모습 보

러 가."

"그러려면 기다려야 해."

"무얼 기다려?"

처음에는 놀라는 눈치더니, 나중에는 네 자신이 우스워서인지 이렇게 말했었지.

"난 아직도 내 별에 있는 줄 알았어."

그렇다. 미국이 낮 열두 시일 때 프랑스에서는 해가 진다. 1분 안에 프랑스에 갈 수 있다면 해가 지는 것을 볼 수 있다. 그런데 안타깝게도 프랑스는 너무 멀리 떨어져 있다.

그러나 너의 별에서는 의자만 몇 발자국 옮겨 놓으면 언제나 해가 지는 모습을 볼 수 있었지.

"하루는 해 지는 모습을 마흔네 번 보았어."

그리고 조금 있다가 다시 말했지.

"아저씨……, 몹시 쓸쓸할 때는 해 지는 모습이

보고 싶어져."

"그럼 마흔네 번 보던 날은 그렇게도 쓸쓸했니?"

그러나 너는 아무런 대답도 하지 않았지.

Le Petit Prince

어린왕자

하나뿐인 꽃

 닷새째 되던 날, 나는 양의 도움으로 어린 왕자의 비밀을 좀 더 알게 되었습니다.
 "양이 말이야, 작은 나무를 먹으면 꽃도 먹을 테지?"
 왕자는 오랫동안 속으로 생각하던 것인 양 불쑥 말했습니다.

"양은 닥치는 대로 무엇이든지 먹는단다."

"가시가 돋친 꽃도 먹어?"

"가시 돋친 꽃도 먹고말고."

"그럼 가시는 무슨 쓸모가 있어?"

나는 그때 꽉 박힌 나사를 빼는 일에 골몰해 있었습니다. 고장이 크게 난 것 같은 생각이 드는 데다, 물도 얼마 남아 있지 않아 무척 걱정이 되던 참이었습니다.

"가시는 무슨 쓸모가 있어?"

어린 왕자는 한 번 물으면 결코 그냥 넘어가는 일이 없었습니다.

"아무런 쓸모도 없지. 꽃이 마음씨가 고약해서 그런 걸 갖고 있을 뿐이야."

나는 나사 때문에 약이 오른 터라 아무렇게나 말했습니다.

"그래?"

어린 왕자는 한동안 잠자코 있다가 원망스러운 듯이 말했습니다.

"그렇지 않아. 꽃들은 약해. 자기들을 지키기 위해 그런 거야. 가시를 무서운 무기라고 생각하는 거란 말이야."

그때 나는 이런 생각을 하고 있었습니다.

'요놈의 나사, 사뭇 꼼짝하지 않으면 망치로 부숴 버려야지.'

어린 왕자는 다시 내 생각을 흩트려 놓았습니다.

"아저씨는 그렇게 생각하고 있는 거야? 꽃들이……."

"아니다, 아니야! 아무렇게도 생각하고 있지 않아. 되는 대로 대답한 거다. 나는 지금 큰일을 하고 있어."

"큰일?"

어린 왕자는 기름투성이인 시커먼 손에 망치를 들고 더러운 물건 위에 엎드려 있는 나를 바라보았습니다.

"아저씨는 어른들처럼 말하는구나."

이 말을 듣자 나는 조금 부끄러워졌습니다.

"아저씨는 모든 걸 잘못 생각하고 있어. 뒤죽박죽을 만들어 놓고 있어."

어린 왕자는 잔뜩 성이 나 있었습니다. 그의 금빛 머리칼은 바람에 휘날리고 있었습니다.

"난 얼굴이 붉은 사람이 사는 별을 알고 있어. 그는 꽃향기를 맡아 본 일도 없고, 별을 바라본 적도 없어. 누구를 사랑해 본 일도 없고. 더하기밖에는 아무것도 한 일이 없어.

온종일 아저씨처럼 '나는 큰일을 하고 있다! 나는 큰일을 하고 있다!' 하고 되뇌며 으스대기만 해. 그는 사람이 아니야. 버섯이야!"

"뭐라고?"

"버섯이란 말이야!"

어린 왕자는 성이 나서 얼굴이 하얗게
질려 있었습니다.

"수백만 년 전부터 꽃은 가시를 만들고 있어. 양들이 꽃을 먹는 것도 수백만 년째야. 그런데 꽃이 왜 아무런 쓸모도 없는 가시를 만드느라 고생을 하는지 알아 보려고 하는 게 큰일이 아니야? 꽃과 양의 싸움은 큰일이 아니란 말이야? 이게 얼굴이 붉은 뚱뚱보의 더하

기보다 더 값어치 있는 일이 아니란 거야?

　만약에 내 별 말고 다른 데는 어디에도 없는, 이 세상에 단 하나밖에 없는 꽃을 내가 알고 있는데, 어린 양이 제가 하는 일이 어떤 건지도 모르고 어느 날 아침 그 꽃을 먹어 버린다면 그건 큰일이 아니란 말이야?"

　그는 얼굴을 붉히면서 다시 말을 이었습니다.

　"누가 수많은 별 가운데 하나밖에 없는 꽃을 사랑하고 있으면, 별들만 쳐다봐도 행복한 거야. 속으로 '저기 어디고 내 꽃이 있겠지.' 하고 생각하거든. 그렇지만 양이 그 꽃을 먹어 봐. 이건 그에게는 별들이 모두 갑자기 빛을 잃은 거나 마찬가지야! 그래, 이게 큰일이 아니란 말이야?"

　어린 왕자는 말을 잇지 못하고 갑자기 흐느껴 울기 시작했습니다.

나는 일손을 놓아 버렸습니다. 망치며 나사며 목마름이며 죽음 같은 게 하찮게 여겨졌습니다. 어떤 별, 어떤 떠돌이별, 나의 별, 지구 위에 위로해 주어야 할 어린 왕자가 있었던 것입니다. 나는 어린 왕자를 품에 안고 흔들어 주며 말했습니다.

"네가 사랑하는 꽃은 위험하지 않아. 네 양에 굴레를 그려 줄게. 네 꽃엔 갑옷을 그려 주고. 또……."

나는 무슨 말을 하면 좋을지 몰랐습니다. 내가 무척 서투르다는 느낌이 들었습니다. 어떻게 해야 그의 마음을 돌이킬 수 있고, 어디로 가야 그의 마음을 다시 붙잡을 수 있을지 알 수가 없었습니다. 눈물의 나라란 이다지도 신비한 것이었습니다.

Le Petit Prince

어린왕자

꽃의 속마음

 나는 얼마 지나지 않아 그 꽃에 대하여 좀 더 알게 되었습니다.
 어린 왕자의 별에는 전부터 꽃잎이 한 겹만 있는 꽃이 있었습니다. 그 꽃은 별로 자리도 차지하지 않고 누구를 귀찮게 굴지도 않았습니다. 아침에 풀 속에 피어났다가 저녁이면 조용히 시들었습니다. 그 꽃은 어느 날 알 수 없는 곳에서 날아온 씨가 싹을 틔운 것이었습니다.

 어린 왕자는 제 별의 다른 싹들과 같지 않은 그 꽃의 싹을 찬찬히 살펴보았습니다. 새로운 바오밥나무일지도 모르기 때문이었습니다. 그러나 그 나무는 이내 자라기를 멈추고 봉오리를 맺었습니다.

 봉오리에서는 곧 놀라운 일이 일어날 것 같았습

니다. 그러나 꽃은 푸른 방 속에서 좀처럼 밖으로 나오지 않았습니다. 고운 색깔을 고르고, 천천히 옷을 입어 보고, 꽃잎을 한 장 한 장 다듬는 데만 골몰했습니다. 아름다움의 고비에 다다랐을 때에야 나오려고 했습니다. 무척 맵시를 부리는 꽃이었습니다.

꾸밈은 며칠이고 이어졌습니다. 그러더니 어느 날 아침 해가 돋을 무렵 드디어 얼굴을 내밀었습니다.

"이제야 겨우 잠이 깼어요, 미안해요. 어머나! 머리가 헝클어져 있네!"

"참 아름답구나!"

"그래요? 전 해님과 같이 태어났어요."

어린 왕자는 꽃이 다소곳하지는 않다고 생각했습니다.

"아침 먹을 시간이군요. 제게 뭘 좀 갖다 주시지 않겠어요?"

어린 왕자는 꽃에게 아침밥으로 찬 물을 한 통 갖다 주었습니다.

꽃은 이내 으스대며 어린 왕자를 괴롭혔습니다. 가령 제가 가지고 있는 가시 네 개 이야기를 하며

어린 왕자에게 이렇게 말했던 것입니다.

"호랑이들이 발톱을 내밀고 오겠으면 오라고 해요!"

"내 별엔 호랑이가 없어. 그리고 호랑이는 풀을 먹지 않아."

"전 풀이 아니에요."

꽃이 말했습니다.

"미안해."

"전 호랑이는 조금도 무섭지 않아요. 다만 바람이 불어오는 게 무서울 뿐이에요. 바람막이를 좀 해 주세요."

"바람을 무서워하다니……. 풀인데 어째서 그럴까? 이 꽃은 참 까다롭구나."

어린 왕자는 이렇게 생각했습니다.

"저녁엔 고깔을 씌워 주세요. 이곳은 무척 춥군요. 내가 살던 데는……"

꽃은 말끝을 맺지 못했습니다. 그 꽃은 씨로 왔던 만큼 다른 세상에 대해서는 알지 못했던 것입니다.

꽃은 터무니없는 거짓말을 하려다가 들킨 것이 부끄러워, 잘못을 어린 왕자에게 뒤집어씌우려고 기침을 두세 번 했습니다.

"바람막이는 어찌 되었어요?"

"가지러 가려는데 네가 말을 하고 있어서……"

꽃은 어린 왕자를 언짢게 하려고 기침을 더 세게 했습니다.

어린 왕자는 이런 일을 당하자, 꽃을 사랑하기는 했지만 믿지 않게 되었습니다.

　하루는 어린 왕자가 내게 이런 속마음을 털어놓았습니다.

　"그 꽃이 하는 말을 듣지 말걸 그랬어. 꽃은 바라보고 향기만 맡으면 돼. 그 꽃도 향기를 풍겼어. 하지만 난 그걸 즐길 수가 없었어. 발톱 이야기 때문에 마음이 몹시 언짢았거든. 가엾은 생각이 들었어야 했는데……."

또 이런 이야기도 했습니다.

"난 그때 아무것도 알지 못했어! 그 꽃이 하는 말이 아니라, 행동을 보고 마음을 정할 걸 그랬어. 내게 향기를 풍겨 주고, 마음을 환하게 해 주었는데. 꽃을 멀리하지 않았어야 했어.

별것 아닌 꾀 뒤에 나를 생각하는 마음이 숨어 있는 걸 눈치 챘어야 하는데. 꽃들은 겉과 속이 다른 말을 잘 하니까. 난 너무 어려서 꽃을 사랑할 줄 몰랐어."

Le Petit Prince

어린왕자

꽃과 헤어질 때

 나는 어린 왕자가 철새들을 따라 별을 떠나 왔으리라고 생각합니다.

 집을 떠나던 날 아침, 그는 제 별을 깨끗이 손봐 놓았습니다. 불을 뿜는 화산도 정성들여 쑤셔 주었습니다. 어린 왕자에게는 살아 있는 화산이 두 개 있었습니다. 그것은 아침밥을 지을 때 도움이 되었습니다.

 꺼진 화산도 하나 있었습니다. 그것은 어떻게 될지 알 수 없었습니다. 그래서 꺼진 화산도 쑤셔 주었습니다. 화산들은 잘 쑤셔 주기만 하면 터지지 않고 조용히 불을 뿜습니다.

 화산은 굴뚝의 불과 같습니다. 지구에 사는 우리는 너무나 작아서 화산을 쑤셔 줄 수가 없습니다. 그래서 화산 때문에 많은 어려움을 겪는 것입니다.

 어린 왕자는 좀 쓸쓸한 마음으로 나머지 바오밥나무 싹도 뽑아 주었습니다. 어쩌면 다시 돌아오지 못할지도 모른다는 생각이 들었던 것입니다.

 어린 왕자는 늘 해 오던 일들이 그날 아침에는 유난히 애틋하게 생각되었습니다.

 마지막으로 꽃에 물을 주고 바람막이를 씌워 주

려고 했을 때, 울음이 나오려고 했습니다.
 "잘 있어!"
 그러나 꽃은 대답이 없었습니다.
 "잘 있어!"
 꽃은 기침을 했습니다. 그러나 그것은 감기 때문이 아니었습니다.

"제가 바보였어요. 미안해요."

꽃은 마침내 말했습니다.

어린 왕자는 꽃이 까탈을 부리지 않는 게 이상했습니다. 그는 바람막이를 손에 든 채 어쩔 줄 모르고 우두커니 서 있었습니다.

"전 당신이 좋아졌어요."

꽃이 말했습니다.

"왕자님이 그걸 알지 못한 건 제 탓이었어요. 하지만 당신도 참 어리석군요. 아무쪼록 행복하길 빌어요. 그 바람막이는 내버려 두세요. 이젠 쓰기 싫어요."

"그렇지만 바람이……."

"감기가 잔뜩 든 건 아니에요. 찬 바람은 오히려 제게 도움이 될 거예요. 전 꽃이니까요."

"하지만 벌레들이……."

"나비를 보려면 벌레 두세 마리쯤은 견뎌야죠. 나비는 참 예쁘던데. 그러지 않으면 누가 나를 찾아 주겠어요. 당신은 멀리 가 있을 거고……. 그렇게 머뭇거리지 마세요. 떠나기로 했으면 휙 떠나는 거지."

꽃은 어린 왕자에게 우는 모습을 보이고 싶지 않았던 것입니다. 그렇게도 젠체하는 꽃이었습니다.

Le Petit Prince

어린왕자

임금님이 사는 별

　어린 왕자는 소행성 325호, 326호, 327호, 328호, 329호, 330호가 있는 쪽에 있었습니다. 그래서 일거리도 얻고, 무엇을 배우기도 할 겸 이 별들부터 찾아가 보았습니다.
　첫째 별에는 임금님이 살고 있었습니다. 임금님은 붉은 천과 담비 가죽으로 만든 옷을 입고 옥좌에 앉아 있었습니다.

"아, 백성이 하나 왔구나!"

임금님은 어린 왕자를 보자 큰 소리로 말했습니다.

'한 번도 만난 일이 없는데, 어떻게 나를 알고 있을까?'

임금님은 모든 사람을 백성으로 생각합니다. 어린 왕자는 그것을 몰랐던 것입니다.

"좀 더 가까이 오너라. 잘 볼 수 있게."

임금님은 별을 덮고 있는 옷자락의 한쪽을 치워 주었습니다.

"전하, 여쭈어 볼 게 있습니다."

"네게 묻기를 명하노라."

임금님은 얼른 말을 받았습니다.

"전하께선 무엇을 다스리십니까?"

"모든 것을 다스리노라."

임금님은 손을 들어 별들을 가리켰습니다.

"저것들을 모두요?"

어린 왕자가 물었습니다.

"그렇다."

그는 모든 것을 다스리는 하늘의 임금님이었습니다.

"별들이 전하의 말을 따르나요?"

"물론이로다. 나는 내 말을 따르지 않으면 가만두지 않노라."

어린 왕자는 제가 살다가 떠나 온 작은 별이 생각났습니다.

"전하, 저는 해 지는 모습이 보고 싶습니다. 해가 지도록 해 주십시오."

"만약 내가 어떤 장군더러, 나비처럼 이 꽃에서 저 꽃으로 날아다니라거나, 희곡을 쓰라거나, 물새로 바뀌라고 했다가 말을 듣지 않으면 누가 잘못한 것이 되겠는가?"

"전하의 잘못입니다."

어린 왕자는 서슴지 않고 대답했습니다.

"옳도다. 저마다 할 수 있는 걸 하라고 해야 하느니라. 말발은 앞뒤가 맞을 때 생기는 것이로다. 백성에게 바다에 빠지라고 하면, 그들은 들고 일어날 것이로다. 내 말을 따르라고 할 수 있는 건 내 말이 앞뒤가 맞기 때문이로다."

"그럼 해가 지게 해 주십사 하는 건요?"

어린 왕자가 했던 말을 다시 했습니다.

"너는 해가 지는 걸 보게 되리로다. 내가 그렇게 하라고 하겠노라. 그러나 그렇게 될 때까지 기다려야 하느니라."

"언제 그렇게 됩니까?"

임금님은 먼저 커다란 달력을 찾아 보고 나서 말했습니다.

"그건, 그건 오늘 저녁……, 일곱 시 사십 분쯤일

것이로다."

 어린 왕자는 하품을 했습니다. 그는 해 지는 모습을 보지 못하게 된 것이 아쉬웠습니다. 그리고 좀 심심해졌습니다.

 "여기선 할 일이 없으니 그만 떠나겠습니다."

 "가지 말라. 나는 너를 대신으로 삼으리라."

 "무슨 대신 말입니까?"

 "사, 사법 대신이로다!"

 "그런데 재판 받을 사람이 아무도 없지 않습니까?"

 "그럼 너 자신의 옳고 그름을 따지도록 하라. 이것은 가장 어려운 일이로다. 남의 옳고 그름을 따져 보는 것보다 저의 옳고 그름을 따져 보는 게 훨씬 더 어려운 것이니라. 스스로를 올바르게 따진다면, 너는 참으로 슬기로운 사람이니라."

"저 자신의 옳고 그름은 아무 데서라도 따져 볼 수 있습니다. 그만 가 보겠습니다."

어린 왕자는 길을 떠났습니다.

"나는 너를 대사로 삼겠노라!"

임금님이 소리쳤습니다.

왕자는 길을 가며 어른들은 참 이상하다고 생각했습니다.

Le Petit Prince

어린왕자

허영쟁이가 사는 별

 두 번째 별에는 허영쟁이가 살고 있었습니다.
 "나를 우러러보는 사람이 하나 오는구나!"
 허영쟁이는 어린 왕자를 보자 멀리서부터 소리쳤습니다.
 허영쟁이는 모든 사람들이 자기를 우러러보는 것으로 생각했습니다.

"안녕, 아저씨! 왜 그런 모자를 쓰고 있어?"

"사람들이 내게 박수를 보낼 때 정중하게 인사하기 위해서. 그런데 아무도 이리로 지나가지 않는단 말이야."

어린 왕자는 그 말을 알아듣지 못했습니다.

"손뼉을 쳐 봐."

허영쟁이가 말했습니다.

어린 왕자는 손뼉을 쳤습니다.

허영쟁이는 모자를 벗으며 공손히 인사를 했습니다.

"이건 임금님보다 더 재미있는걸."

어린 왕자는 중얼거리고 나서 다시 박수를 쳤습니다.

허영쟁이는 모자를 쳐들며 또 인사를 했습니다.

오 분쯤 계속하자 어린 왕자는 싫증이 났습니

다.

"모자가 떨어지게 하려면 어떻게 하면 돼?"

허영쟁이는 어린 왕자의 말을 듣지 못했습니다. 허영쟁이들은 칭찬밖에는 아무것도 귀에 들어오지 않습니다.

"너 정말 나를 우러러보니?"

허영쟁이가 물었습니다.

"우러러본다는 건 무슨 말이야?"

"내가 이 별에서 가장 잘생기고, 가장 옷을 잘 입고, 가장 돈이 많고, 가장 똑똑하다고 생각하는 것을 뜻해."

"그런데 이 별엔 아저씨 혼자밖에 없지 않아?"

"어쨌든 나를 기쁘게 해 줘. 그렇더라도 나를 우러러봐 줘."

"아저씨를 우러러봐 달라고? 그게 아저씨한테

무슨 쓸모가 있는데?"

 어린 왕자는 어깨를 들썩이며 말하고는, 그 별을 떠났습니다.

Le Petit Prince

어린왕자

술주정뱅이가 사는 별

 그다음 별에는 술주정뱅이 아저씨가 살고 있었습니다. 그 별에서는 아주 잠깐만 머물렀으나 어린 왕자의 마음은 무척 우울했습니다.
 "아저씨, 거기서 무엇을 하세요?"
 빈 술병들과 술이 가득 찬 병들을 앞에 두고 우두커니 앉아 있는 술주정뱅이에게 어린 왕자가

물었습니다.

"술을 마시고 있지."

몹시 우울한 표정으로 술주정뱅이가 대답했습니다.

"왜 술을 마셔요?"

"잊기 위해서."

"뭘 잊으려고요?"

어린 왕자는 술주정뱅이가 가엾게 느껴졌습니다.

"뭘 잊고 싶은데요?"

"창피한 걸 잊어버리려고 마시는 거야."

술주정뱅이는 머리를 숙이며 고백하듯이 말했습니다.

"뭐가 창피한데요?"

어쩐지 그를 돕고 싶은 마음에 어린 왕자는 물

었습니다.

"술을 마시는 게 창피하지."

술주정뱅이는 이렇게 말하더니 다시는 입을 열지 않았습니다. 어린 왕자는 어쩔 줄 모르는 마음으로 조용히 별을 떠났습니다.

'어른들은 아무리 생각해도 참 이상하단 말이야.'

마음속으로 그렇게 속삭이며 어린 왕자는 계속해서 여행을 떠났습니다.

Le Petit Prince

어린왕자

장사꾼이 사는 별

 술주정뱅이 아저씨가 사는 별을 거쳐 찾아간 네 번째 별에는 장사꾼이 살고 있었습니다. 그 사람은 무엇이 그렇게 바쁜지 어린 왕자가 왔는데도 고개조차 들지 않았습니다.
 "안녕, 아저씨! 담뱃불이 꺼졌어."
 어린 왕자가 말했습니다.

"셋에다 둘을 보태면 다섯, 다섯에 일곱이면 열둘, 열둘에 셋을 더하면 열다섯. 안녕. 열다섯에다 일곱이면 스물둘, 스물둘에다 여섯이면 스물여덟, 새로 불 붙일 시간도 없어. 스물여섯에 다섯을 보태면 서른하나라, 그러니까 5억 1백6십2만 2천7백3십1이 되는구나."

"무엇이 5억 1백만이야?"

장사꾼은 그제야 고개를 들었습니다.

"때때로 하늘에 보이는 저 조그만 것들 말이야."

"아, 별들 말이야?"

"응, 별들 말이다."

"그래, 아저씨는 별 5억 1백만 개를 가지고 무얼 해?"

"하긴 무얼 해? 그걸 차지하는 거지."

"아저씨는 별을 차지하고 있어?"

"그럼."

"난 임금님을 만난 적이 있는데, 그분도……."

"임금님은 차지하는 게 아니라 다스리는 거지. 그건 아주 다른 거야."

"별을 차지하면 아저씨한테 무슨 도움이 돼?"

"부자가 되는 거지."

"부자가 되면 무슨 쓸모가 있어?"

"누가 다른 별을 찾으면, 그걸 또 사는 데 도움이 되는 거지." 어린 왕자는 이 사람도 술꾼 같은 허황된 말을 하고 있구나 하는 생각이 들었습니다.

"어떻게 별을 차지할 수 있는데?"

"별들이 누구 거냐?"

장사꾼이 트집을 잡듯 되물었습니다.

"몰라. 임자가 없지 뭐."

"그러니까 내 거지. 내가 가장 먼저 그걸 생각해 냈으니까."

"그건 그렇겠구나. 그런데 아저씨는 그걸 가지고 뭘 해?"

"돌보는 거지. 그 별들을 세고 또 세고 하는 거

지."

 어린 왕자는 아무래도 그 뜻을 알 수가 없었습니다.

"나는 말이야, 목도리가 있으면 그걸 목에 두르고 다닐 수 있어. 또 꽃이 있으면 그걸 따서 가지고 다닐 수도 있고. 그렇지만 별은 딸 수가 없지 않아?"

"음, 하지만 나는 그걸 은행에 맡길 수가 있지."

"그건 무슨 말이야?"

"조그만 종이에 내 별의 수를 적어서 서랍에 넣고 잠근단 말이야."

"그뿐이야?"

"그뿐이지."

"그거 재미있다. 꽤 시적인데. 하지만 그건 그리 대단한 일이 못 돼."

어린 왕자는 말을 이었습니다.

"나는 꽃이 하나 있는데, 날마다 물을 줘. 또 화산이 셋 있는데 일주일에 한 번씩 쑤셔 줘. 꺼진 화산도 쑤셔 줘. 어떻게 될지 모르니까. 내가 꽃이나 화산을 차지하고 있는 게 그것들에게 도움이 되는 거지. 그렇지만 아저씨는 별들에게 도움이 될 게 없어."

장사꾼은 입을 벌렸으나 할 말이 생각나지 않았습니다.

어린 왕자는 "어른들은 정말 알 수 없구나." 하는 생각을 하며, 이 별을 떠났습니다.

Le Petit Prince

어린왕자

가로등 켜는 아저씨가 사는 별

 다섯째 별은 가장 작았습니다. 가로등 하나와 불 켜는 아저씨 하나만 있을 수 있었습니다. 집도 없고 사람도 없는 별에서 가로등에 불을 켜는 게 무슨 쓸모가 있는 건지, 어린 왕자는 알 수가 없었습니다.
 '그래도 임금님이나 허영쟁이, 주정뱅이나 장사

꾼보단 덜 어리석은 것 같아. 하는 일이 뜻있는 것 같으니까. 가로등을 켜면 별이 꽃을 하나 돋아나게 하는 거지. 가로등을 끄면 꽃이나 별을 잠들게 하는 거고. 이건 참 아름다우니까 쓸모 있는 일이야.'

어린 왕자는 별에 발을 들여놓으며 불 켜는 아저씨에게 공손히 인사를 했습니다.

"안녕, 아저씨! 왜 지금 가로등을 껐어?"

"그렇게 하라고 시켜서. 안녕!"

불 켜는 아저씨가 대답했습니다.

"어떻게 하라고 했어?"

"가로등을 끄라고 했다. 안녕!"

불 켜는 아저씨는 다시 가로등을 켰습니다.

"왜 다시 불을 켰어?"

"하라고 시키니까."

"무슨 말인지 알아들을 수가 없어."

어린 왕자가 말했습니다.

"알아듣고 어쩌고 할 게 못 돼. 시키는 건 시키는 거니까. 안녕!"

불 켜는 사람은 가로등을 껐습니다. 그러고는 붉은 바둑판무늬가 있는 손수건으로 이마의 땀을 닦았습니다.

"내가 지금 하는 건 참 기막힌 일이다. 전엔 괜찮았어. 아침엔 끄고 저녁엔 켜고 하면 됐지. 낮 동안에는 쉴 수도 있었고, 밤엔 잘 수도 있었고."

"그럼 그 뒤로 시키는 게 바뀌었어?"

"시키는 게 바뀌지 않아서 큰일이야. 별은 해마다 자꾸자꾸 빨리 도는데 시키는 건 그대로야."

"그래서?"

"지금은 별이 일 분에 한 바퀴씩 돌아. 그러니

이젠 일 초도 쉴 수가 없어. 일 분에 한 번씩 켜고 끄고 해야 하니까."

"거 참 이상하구나! 아저씨네 별에선 하루가 일 분이라……."

"조금도 이상할 것 없어. 우리가 이야기하고 있는 게 벌써 한 달이나 돼."

"한 달?"

"그럼, 삼십 분이니 삼십 일이지. 안녕!"

불 켜는 아저씨는 다시 가로등을 켰습니다.

어린 왕자는 시키는 일을 조금도 게을리하지 않는 가로등 켜는 사람이 좋아졌습니다. 그는 전에 의자를 끌어당겨 해를 지게 하던 일이 생각났습니다.

어린 왕자는 불 켜는 아저씨를 도와주고 싶었습니다.

"아저씨, 난 아저씨가 쉬고 싶을 때 쉴 수 있는 방법을 알아."
"그야 쉬고 싶다 뿐이겠니?"

"아저씨 별은 하도 작아 세 발자국이면 한 바퀴 돌 수 있어. 그러니까 언제든지 해를 볼 수 있게 천천히 걸으면 돼. 아저씨가 쉬고 싶으면 걷기만 하면 된단 말이야. 그러면 아저씨가 바라는 대로 해가 언제든지 떠 있을 테니까."

"그건 내게 별로 쓸모가 없어. 내가 이 세상에 사는 동안 하고 싶은 건 잠을 자는 거니까."

"그거 안됐구나."

"안됐고말고, 안녕!"

불 켜는 아저씨는 다시 가로등을 껐습니다.

'이 아저씬 임금님이나 허영쟁이나 주정뱅이나 장사꾼에게 업신여김을 당할 거야. 그러나 우스꽝스럽게 생각되지 않는 사람은 이 아저씨뿐이야. 그건 아마 자기의 일이 아닌 다른 사람의 일을 보살피기 때문일 거야.'

어린 왕자는 길을 나서며 이렇게 생각했습니다.
'친구를 삼을 만한 사람은 이 사람 하나뿐이야. 그렇지만 별이 너무 작아서 둘이 있을 수가 없어.'
어린 왕자는 서운한 마음으로 그 별을 떠났습니다.

Le Petit Prince

어린왕자

지리학자가 사는 별

 여섯 번째 별은 열 배나 컸습니다. 그 별에는 아주 큰 책을 쓰고 있는 할아버지가 살고 있었습니다.
 "야, 탐험가가 하나 왔구나!"
 어린 왕자는 책상 앞에 앉아 숨을 조금 몰아쉬었습니다. 이미 긴 여행을 했던 것입니다.

"너는 어디서 왔느냐?"

"할아버지, 이거 무슨 책이에요? 여기서 뭐 하세요?"

"나는 지리학자다."

"지리학자는 뭘 하는 사람이에요?"

"바다가 어디 있고, 강이 어디 있고, 도시와 산과 사막이 어디 있는지 알아내는 학자지."

어린 왕자는 지리학자의 별을 한 바퀴 둘러보았습니다.

"할아버지 별은 참 아름답군요. 바다도 있어요?"

"나는 알 수 없어."

"그럼 산은요?"

"내가 알 수 있니?"

"도시와 강과 사막은요?"

"그것도 알 수 없어."

"지리학자이시면서 모르세요?"

"응. 나는 탐험가는 아니거든. 이 별엔 탐험가가 없어. 지리학자는 도시며 강이며 산이며 바다며 사막들을 세러 다니는 건 아니야. 서재에서 탐험가들을 만나 보지. 그들에게 물어서 알아낸 것들을 적어 놓아. 그 가운데 마음 가는 게 있으면, 지리학자는 그 탐험가의 됨됨이를 알아보지."

"그건 왜요?"

"어떤 탐험가가 거짓말을 하면 지리책이 엉터리가 되고 말 테니까. 또 술을 너무 마셔도 그렇지."

"그건 어째서요?"

"주정뱅이들은 물건을 둘로 보니까. 그렇게 되면 지리학자는 산이 하나밖에 없는 곳에 둘을 적어 넣을 것이거든."

"산이나 강은 몸소 보러 가세요?"

"아니, 그건 너무 번거로워. 탐험가더러 믿을 만한 걸 내보이라고 하지. 가령 큰 산을 찾아냈다고 하면, 거기서 큰 돌을 가져오라고 해."

지리학자는 갑자기 서둘렀습니다.

"너 멀리서 왔지? 네가 살던 별 이야기를 내게 해 주렴."

지리학자는 공책을 펼쳐 놓고 연필을 깎았습니다. 탐험가들의 이야기는 먼저 연필로 적어 둡니다. 탐험가가 믿을 만한 것을 내놓아야 잉크로 적는 것입니다.

"제 별은 별로 마음을 끌 수 있는 것이 못 돼요. 아주 조그마해요. 화산이 셋 있는데, 둘은 살아 있는 화산이고 하나는 꺼진 화산이에요. 하지만 어떻게 될지 몰라요."

"어떻게 될지 알 수 없지."

"꽃도 하나 있어요."

"꽃은 적지 않아."

"그건 어째서요? 가장 예쁜 건데요."

"목숨이 짧으니까 그렇지."

"목숨이 짧다는 건 무슨 뜻이에요?"

"지리책은 모든 책 가운데서 가장 값진 책이야. 그건 시대에 뒤떨어지는 일이 없어. 산이 자리를 바꾼다거나, 큰 바다의 물이 말라 버리거나 하는 일은 아주 드무니까. 우린 바뀌지 않는 것만 쓴단다."

"하지만 꺼진 화산도 다시 불을 뿜을 수 있잖아요."

"화산이 꺼졌건 불을 뿜건 우리에겐 마찬가지야. 우리에게 중요한 건 산이야. 그건 바뀌지 않으니까."

"목숨이 짧다는 건 무슨 뜻이에요?"

"그건 오래가지 않아 사라진다는 뜻이지."

"제 꽃이 오래가지 않아 사라진단 말예요?"

"응."

'내 꽃의 목숨은 짧다. 그런데 자신을 해치려는

것들을 막기 위해 가지고 있는 거라곤 가시 네 개 뿐이지. 그런 꽃을 별에 혼자 버려 두다니!'

어린 왕자는 처음으로 뉘우쳤습니다. 하지만 다시 힘을 내었습니다.

"할아버진 제가 어디에 가 보았으면 좋겠어요?"

"지구에 가 보았으면 싶다. 그 별이 좋다고들 하니까."

어린 왕자는 제 꽃을 생각하며 다시 길을 떠났습니다.

Le Petit Prince

어린왕자

지구에 온 어린 왕자

일곱째 별은 지구였습니다.

어린 왕자는 이상한 생각이 들었습니다. 사람을 만날 수 없었던 것입니다. 지구가 아닌 다른 별을 찾아오지 않았나 하는 생각이 들었을 때, 모래에서 달빛 같은 고리가 움직였습니다.

"안녕!"

어린 왕자가 말했습니다.
"안녕!"
"지금 내가 온 데가 무슨 별이니?"

"지구야. 아프리카."

"아, 그래? 그럼 지구엔 사람이 하나도 없니?"

"여긴 사막이야. 사막엔 사람이 없어. 지구는 아주 커."

어린 왕자는 돌 위에 앉아 하늘을 쳐다보았습니다.

"별들은 사람들이 언제고 제 별을 찾으라고 저렇게 빛나는 걸까? 내 별을 봐. 바로 우리 머리 위에 있어. 하지만 멀지."

"예쁜 별이구나! 그런데 넌 여기 무엇 하러 왔니?"

뱀이 물었습니다.

"어떤 꽃하고 말썽이 생겼어."

"그래?"

둘은 입을 다물었습니다.

"사람들은 어디에 있니? 사막은 좀 쓸쓸하구나."
"사람들이 있는 데도 마찬가지야."

"넌 이상하게 생겼구나. 손가락처럼 가느다란 게……."

"하지만 난 왕의 손가락보다 더 무서워."

어린 왕자는 빙그레 웃었습니다.

"그렇게 무섭지 않은데……. 넌 다리도 없구나. 여행도 못 하겠네."

"하지만 난 너를 배보다 더 먼 곳으로 데려다 줄 수 있어."

뱀은 어린 왕자의 발목을 팔찌처럼 감았습니다.

"내가 건드리는 사람은 자기가 왔던 땅으로 돌아가게 돼. 하지만 넌 마음이 맑고 또 별에서 왔으니……."

어린 왕자는 대답을 하지 않았습니다.

"가냘픈 네가 바위투성이 땅에 있는 걸 보니 가엾은 생각이 드는구나. 네 별이 몹시 그리우면 언제고 널 도와줄 수 있어. 나는……."

"응, 알았어. 그런데 넌 어째서 수수께끼 같은 말만 하니?"

"난 수수께끼를 모두 풀어 줄 수 있어."

둘은 그 후 아무 말도 하지 않았습니다.

Le Petit Prince

어린왕자

메아리가 하는 말

 어린 왕자는 사막을 건너갔습니다. 높은 산이 나왔습니다. 어린 왕자는 그 산에 올라갔습니다. 그가 아는 산이라고는 무릎에 닿는 화산 셋밖에 없었습니다.
 '이처럼 높은 산에서는 한눈에 모든 지구와 사람들을 볼 수 있겠어.'

하지만 어린 왕자가 볼 수 있는 건 날카로운 바위 봉우리뿐이었습니다.

"안녕!"

그는 무턱대고 말해 보았습니다.

"안녕, 안녕, 안녕……."

메아리가 대답했습니다.

"누구니?"

어린 왕자가 말했습니다.

"누구니, 누구니, 누구니……."

메아리가 대답했습니다.

"나하고 친구가 되어 줘. 난 외로워!"

"난 외로워, 난 외로워……."

메아리가 또 대답했습니다.

'이상한 별이로구나. 아주 메마르고, 몹시 뾰족하고, 소금이 버적버적하고, 게다가 사람들은 생각 없이 남이 하는 말이나 되뇌고. 내 별엔 꽃이 한 송이밖에 없지만 언제나 내게 말을 걸어 주었

는데……'

Le Petit Prince

어린왕자

오천 송이 장미꽃

 어린 왕자는 오랫동안 모래와 바위와 눈 위를 헤맨 끝에 마침내 길을 하나 찾을 수 있었습니다. 길은 모두 사람들이 있는 곳으로 가는 것이었습니다.
 "안녕!"
 어린 왕자가 말했습니다.

그곳은 장미꽃이 피어 있는 정원이었습니다.
"안녕!"
장미꽃들도 인사했습니다.
어린 왕자는 꽃들을 둘러보았습니다. 모두 별에 두고 온 꽃과 비슷했습니다.
그는 어이가 없어 물었습니다.
"너희들은 누구니?"

"장미꽃이야."

"그래?"

어린 왕자는 씁쓸한 생각이 들었습니다.

그의 꽃은 이 세상에 저 같은 꽃은 하나도 없다고 했습니다. 그런데 이 정원에만도 똑같은 꽃이 오천 송이나 있었던 것입니다.

'내 꽃이 이걸 보면 참 속상하겠구나. 비웃음을 사지 않으려고 기침을 하고, 죽는 시늉을 할 거야. 그러면 난 또 저를 보살펴 주는 체해야 될 거고. 그러지 않으면 나를 혼내 주려고 정말 죽을 테니까.'

어린 왕자는 이런 생각도 했습니다.

'난 하나밖에 없는 꽃을 가져 부자라고 여겼는데, 평범한 장미꽃 하나를 가진 것뿐이었구나! 그것하고 무릎에 닿는 화산 셋, 그것도 하나는 아주

꺼져 버렸는지도 모르는……. 그것들을 가지고는 난 위대한 왕자가 될 수 없어.'

Le Petit Prince

어린왕자

여우가 한 말

그때 여우가 나타났습니다.
"안녕!"
여우가 말했습니다.
"안녕!"
어린 왕자는 공손히 대답하고 주위를 둘러보았습니다. 그러나 아무것도 보이지 않았습니다.

"나 여기 있어. 사과나무 밑에."
다시 목소리가 들려왔습니다.
"넌 누구니? 참 예쁘구나."
어린 왕자가 말했습니다.
"난 여우야."
"나하고 놀아 줘. 난 아주 쓸쓸해."

"난 너하고 놀 수가 없어. 길들여지지 않았으니까."

여우가 말했습니다.

"길들인다는 게 무슨 말이야?"

어린 왕자는 잠시 생각에 잠겨 있다가 말했습니다.

"넌 여기 사는 아이가 아니구나. 무얼 찾고 있는 거니?"

"사람들을 찾고 있어. 길들인다는 게 무슨 말이야?"

"사람들은 총을 가지고 사냥을 해. 닭을 기르기도 하고. 너도 닭을 찾고 있니?"

"아니, 난 친구를 찾고 있어. 길들인다는 건 무슨 말이야?"

"그건 너무 잊혀져 있는 일이야. 마음과 마음을

잇는다는 말이야."

여우가 대답했습니다.

"마음과 마음을 잇는다는 뜻이야?"

"응, 내겐 아직 네가 몇 천 몇 만 명의 아이들과 다름없는 사내아이에 지나지 않지. 그리고 난 네가 없어도 되고, 넌 내가 아쉽지도 않고. 네겐 내가 몇 천 몇 만 마리의 여우와 같은 여우에 지나지 않아.

그렇지만 네가 나를 길들이면, 우린 서로 아쉬워질 거야. 내겐 네가 세상에서 하나밖에 없는 아이가 될 거고, 네겐 내가 이 세상에 하나밖에 없는 것이 될 거고."

"이제 좀 알아듣겠어."

어린 왕자가 말했습니다.

"꽃이 하나 있는데……, 그 꽃이 나를 길들였나

봐."

"그럴 수도 있지. 지구엔 별의별 물건이 다 있으니까."

"지구에 있는 게 아니야."

어린 왕자가 대답했습니다.

여우는 귀가 솔깃했습니다.

"그럼 다른 별에 있니?"

"응."

"그 별에 사냥꾼도 있어?"

"아니."

"야, 그거 괜찮은데! 그럼 닭은?"

"없어."

"다 갖춘 건 아무것도 없다니까."

여우는 한숨을 쉬었습니다. 그러고는 제 이야기로 말을 돌렸습니다.

"내 하루하루는 바뀌는 게 없었어. 난 닭을 잡고, 사람들은 나를 잡고. 닭들은 모두 비슷비슷하고, 사람들도 모두 비슷비슷해. 그래서 조금 심심해. 하지만 네가 나를 길들이면, 내 하루하루는 해가 돋는 것처럼 환해질 거야.

어떤 발소리하고도 다른 발소리를 알아듣게 될 거고. 다른 발자국 소리를 들으면 난 땅속으로 들어가. 그러나 네 발자국 소리는 음악 소리처럼 나를 굴 밖으로 불러낼 거야.

　저것 봐! 저기 밀밭이 보이지? 난 빵을 먹지 않아. 그러니까 밀은 내게 쓸데없는 것이지. 밀밭을 봐도 내겐 아무것도 떠오르는 게 없어. 그게 몹시 슬퍼. 그런데 머리가 금빛인 네가 나를 길들이면 참 근사할 거야. 황금빛 도는 밀을 보면 네가 생각날 테니까. 그러면 난 밀밭을 지나가는 바람 소리마저 좋아질 거야."

　여우는 말을 마치고는 오래오래 어린 왕자를 바라보았습니다.

　"제발 나를 길들여 줘."

　"그렇게 할게."

어린 왕자가 대답했습니다.

"하지만 난 시간이 별로 없어. 친구들을 찾아야 하니까."

"길들이지 않고는 무엇도 알 수 없어. 사람들에겐 무얼 알 시간조차 없어. 사람들은 다 만들어 놓은 물건을 가게에서 산단 말이야. 하지만 친구를 파는 장사꾼은 없어. 사람들은 이제 친구가 없게 되었어. 친구를 갖고 싶으면 나를 길들여."

"그러려면 어떻게 하면 되니?"

"참을성이 많아야 해. 처음엔 내게서 좀 떨어져 그렇게 풀 위에 앉아 있어. 내가 곁눈으로 널 볼 테니 넌 아무 말도 하지 마. 말이란 잘못 생각하게 하는 바탕이니까. 그리고 날마다 조금씩 더 가까이 앉아도 돼."

어린 왕자는 이튿날 다시 여우에게 왔습니다.

"어제와 같은 시간에 왔으면 더 좋았을 텐데. 가령 네가 오후 네 시에 온다면 난 세 시부터 기뻐지기 시작할 거야. 시간이 지날수록 난 점점 더 기쁨을 느낄 거야.

네 시가 되면 안절부절못하고 걱정이 될 거야. 기쁨이 얼마나 값진 거라는 걸 알게 되겠지. 그런데 네가 아무 때나 오면 난 언제부터 준비해야 할지 알 수 없잖아. 의식이 필요한 거지."

"의식이 뭐야?"

"그것도 너무 잊혀진 거다. 어떤 날을 그 밖의 날과, 어떤 시간을 그 밖의 시간과 다르게 하는 거지. 가령 사냥꾼에게도 의식이 있어. 목요일엔 마을 처녀들과 춤을 춘단 말이야. 그래서 목요일은 기막히게 좋은 날인 거지. 난 마음 놓고 포도밭까지 소풍을 가. 그런데 사냥꾼들이 아무 때나 춤을 춘다고 해 봐. 그날이 그날 같을 거고, 난 마음 놓고 쉴 수 있는 날이 없어질 것 아냐?"

이렇게 해서 어린 왕자는 여우를 길들였습니다.

떠날 시간이 가까워지자 여우가 말했습니다.

"울음이 나오려고 해."

"그건 네 탓이야. 난 널 괴롭힐 생각은 조금도 없었어. 네가 길들여 달라고 했잖니."

"그건 그래."

"울려고 하면서……."

"응, 울 거야."

"넌 얻은 게 아무것도 없구나."

"있어. 밀 빛깔 때문에……."

여우가 말했습니다.

"장미꽃들에게 다시 가 봐. 네 장미꽃 같은 게 세상에 둘도 없다는 걸 알게 될 테니까. 네가 나한테 헤어지는 인사를 하러 오면, 선물로 비밀 하나를 알려 줄게."

어린 왕자는 다시 장미꽃들을 보러 갔습니다.

"너희들은 내 장미꽃하고 조금도 같지 않아. 너희들은 아직 아무것도 아니야. 아무도 너희들을 길들이지 않았으니까. 내 여우도 너희들과 마찬가지였어. 몇 천 몇 만 마리의 다른 여우들과 다르지 않았지. 그렇지만 그 여우를 내 친구로 삼으니까, 지금은 이 세상에 하나밖에 없는 여우가 되었어."

장미꽃들은 어쩔 줄 몰라 했습니다.

"너희들은 곱긴 하지만 속이 비었어. 누가 너희들을 위해 목숨을 내놓진 않는단 말이야. 물론 사람들은 내 장미도 너희들과 비슷하다고 생각할 거야.

그렇지만 그 꽃 하나로도 너희들을 당하고도 남아. 그건 내가 물을 준 꽃이니까. 내가 고깔을 씌워 바람을 막아 준 꽃이니까. 그리고 그 꽃이 불평을 할 때나 자랑할 때, 가끔 아무 말이 없을 때도 내가 귀기울여 들어 주었으니까. 그건 내 장미꽃이니까."

어린 왕자는 여우한테 돌아와서 헤어지는 인사를 했습니다.

"잘 있어."

"잘 가. 아까 말한 비밀을 알려 줄게. 아주 간단한 거야. 잘 보려면 마음으로 보아야 해. 가장 중요한 건 눈에는 보이지 않아."

"가장 중요한 건 눈에는 보이지 않는다……."

어린 왕자는 잊어버리지 않으려고 여우의 말을 따라 했습니다.

"네 장미가 소중한 건 그 꽃에 들인 시간들 때문이야."

"내가 꽃에 들인 시간 때문이다……."

"사람들은 이 참된 뜻을 잊어버렸어. 하지만 넌 잊어버리면 안 돼. 네가 길들인 것에 대해선 언제까지나 책임을 져야 해. 넌 네 장미꽃에 대해 책임이 있어."

"난 내 장미꽃에 대해 책임이 있다."

어린 왕자는 머리에 새겨 두기 위해 다시 한 번 되뇌었습니다.

Le Petit Prince

어린왕자

바쁜 사람들

"안녕!"

어린 왕자가 말했습니다.

"안녕!"

전철수가 대답했습니다.

"아저씨, 여기서 뭘 하고 있어?"

"기차 손님들을 천 명씩 나누어 보내는 일을 해.

오른쪽으로 보내기도 하고, 왼쪽으로 보내기도 하고."

이때 불을 환하게 켠 특급 열차가 천둥 같은 소리를 내며 지나갔습니다.

"저 사람들은 무척 바쁜 모양이구나. 무얼 찾아가는 거지?"

어린 왕자가 물었습니다.

"기관사도 모른단다."

또 다른 특급 열차가 반대쪽에서 우렁찬 소리를 내며 달려왔습니다.

"그 사람들이 벌써 돌아오는 거야?"

어린 왕자가 물었습니다.

"아까 그 사람들이 아니라, 두 열차가 서로 비켜 가는 거다."

세 번째 특급 열차가 으르렁거리며 달려들었습

니다.

"이 사람들은 먼젓번 손님들을 쫓아가는 거야?"

"쫓아가긴 무얼 쫓아가. 저 속에서 자거나 하품을 하고 있는 거지. 그저 아이들만 유리창에 코를 비벼 대고 있지."

어린 왕자가 말했습니다.

"아이들만 저희들이 찾는 게 무엇인지 알고 있어. 아이들은 헝겊으로 만든 인형 하나 때문에 두 시간을 써. 그래서 그 인형이 아주 값진 게 돼 버려. 그러니까 누가 그걸 빼앗으면 우는 거야."

그러자 전철수가 말했습니다.

"그렇다면 아이들은 정말 행복하구나."

Le Petit Prince

어린왕자

목마름을 없애는 약

"안녕!"

어린 왕자가 말했습니다.

"안녕!"

장사꾼이 말했습니다. 그는 목마름을 없애는 약을 파는 사람이었습니다. 그 약은 일주일에 한 알씩 먹으면 목이 마르지 않았습니다.

"아저씨, 그걸 왜 파는 거야?"

"시간을 아끼게 해 주니까. 이 약은 일주일에 53분을 아끼게 해 줘."

"그 53분을 가지고 뭘 하는 거야?"

"자기가 하고 싶은 걸 하지."

어린 왕자는 이렇게 생각했습니다.

'만약에 나에게 53분이 있다면, 샘 있는 데로 천천히 걸어갈 텐데…….'

Le Petit Prince

어린왕자

별들이 아름다운 건

 사막에서 비행기가 고장을 일으킨 지 팔 일째 되는 날이었습니다. 나는 마지막 남은 한 방울 물까지 마시며 이 장사꾼에 대한 이야기를 들었습니다.

 "네가 들려준 이야기들은 정말 아름답구나. 그런데 난 아직 비행기를 고치지 못했어. 마실 물도 떨어졌고. 나도 샘 있는 데로 천천히 걸어갈 수 있었으면 좋겠구나."

"내 친구 여우가……."

"얘야, 지금 여우 같은 건 아무것도 아니야!"

"왜?"

"목이 말라 죽을 수도 있으니까."

어린 왕자는 내 말을 알아듣지 못했습니다.

"죽게 되더라도 친구를 두었다는 건 좋은 일이야. 난 여우 친구를 둔 게 참 좋아."

나는 이런 생각이 들었습니다.

'이 아이는 내가 얼마나 애가 타는지를 알지 못하는구나. 배도 안 고프고, 목도 안 마르고, 그저 햇빛만 조금 있으면 그만인 것 같아.'

"나도 목이 말라. 우리 우물 찾으러 가."

어린 왕자가 나를 바라보며 말했습니다.

나는 맥이 풀렸습니다. 끝없는 사막에서 무턱대고 우물을 찾아 나선다는 건 말도 되지 않습니다. 하지만 우리는 걸음을 옮기기 시작했습니다.

몇 시간 동안 말없이 걷고 나니 해가 지고 별들이 빛났습니다.

어린 왕자는 한동안 말이 없다가 입을 열었습니다.

"우리에게 보이지 않는 꽃 때문에 별들이 아름다운 거야."

"그렇지."

나는 달빛 아래 펼쳐져 있는 주름진 모래 언덕을 바라보았습니다.

"사막은 아름다워."

어린 왕자가 말을 이었습니다.

그것은 정말이었습니다. 나는 언제나 사막을 좋

아했습니다. 모래 언덕에 앉아 있으면 아무것도 보이지 않고 아무 소리도 들리지 않았습니다. 그런데도 고요 속에서 무언가 빛나는 게 있었습니다.

그때 어린 왕자가 말했습니다.

"사막이 아름다운 건, 어디엔가 우물이 숨어 있기 때문이야."

나는 비로소 모래의 신비한 빛이 무엇인지 알게 되었습니다.

어렸을 때 나는 오래된 집에서 살았습니다. 그 집에는 보물이 묻혀 있다는 이야기가 전해 내려왔습니다. 물론 아무도 그걸 찾아내지는 못했습니다. 어쩌면 찾아 보지 않았는지도 모릅니다. 하지만 그 보물로 해서 그 집은 마음을 끄는 게 있었습니다. 그 속에 어떤 비밀을 지니고 있었기 때문입니다.

내가 말했습니다.

"맞아. 집이건, 별이건, 사막이건, 그 아름다움은 눈에 보이지 않는 것에서 오는 거야."

"아저씨가 내 여우랑 같은 말을 하는 걸 보니 좋아."

어린 왕자가 잠이 들어서, 나는 그를 품에 안고 다시 길을 떠났습니다. 나는 가슴이 뭉클했습니다. 마치 깨지기 쉬운 보물을 안고 가는 것 같았습니다. 이 세상에 그보다 더 여린 물건은 없으리라는 생각이 들었습니다. 하얀 이마, 감긴 눈, 바람에 나부끼는 머리칼을 달빛에 비춰 보며 이런 생각을 했습니다.

'내가 지금 보는 건 껍질뿐이야. 가장 값진 건 눈에 보이지 않는 거야.'

반쯤 벌어진 입술이 빙그레 웃음을 머금고 있는 것을 보고는 이런 생각도 했습니다.

'잠든 어린 왕자가 이리도 내 마음을 뭉클하게 하는 건, 꽃 하나에도 온 마음을 쏟는 모습 때문이야. 잠자는 동안에도 등불처럼 안에서 장미꽃이 빛을 뿜고 있기 때문이야.'

나는 어린 왕자가 더욱 여리게 느껴졌습니다.

등불은 잘 가려 주어야 합니다. 바람이 불면 꺼질 수도 있기 때문입니다.

나는 이런 생각을 하며 걷다가 해 뜰 무렵 우물을 찾아냈습니다.

Le Petit Prince

어린왕자

사막에 있는 우물

 우리가 찾아낸 우물은 모래에 구멍만 파 놓은 사하라 사막의 것들하고는 달랐습니다. 마치 마을 우물과 같았습니다.
 "믿어지지 않아. 도르래며 두레박이며, 줄까지 모두 마련돼 있다니!"
 내가 말했습니다.

어린 왕자는 웃으며 줄을 만져 보기도 하고, 도르래를 돌려 보기도 했습니다. 바람이 오랫동안 잤다가 다시 일 때 낡은 풍차가 삐걱거리는 것처럼 도르래가 소리를 냈습니다.

"아저씨, 이 소리 들려? 우리가 우물을 깨우니까 우물이 노래를 하는 거야."

나는 어린 왕자에게 힘든 일을 시키고 싶지 않았습니다.

"내가 퍼 줄게."

나는 물통을 천천히 끌어올려, 떨어지지 않게 잘 얹어 놓았습니다. 내 귀에는 아직도 도르래의 노래가 쟁쟁하고, 출렁거리는 물속에서 흔들리던 해가 보입니다.

"나 물이 먹고 싶었어."

나는 물통을 그의 입에 대 주었습니다.

어린 왕자는 눈을 감고 물을 마셨습니다. 그 물에는 여느 것과 다른 무엇이 있었습니다. 그것은 달빛 아래에서 걷고, 도르래가 노래하고, 팔을 움직여 얻은 것이었습니다.

　"사람들은 한 정원에 장미꽃을 오천 송이나 가꾸지만, 자기들이 찾는 것을 거기서 얻지 못해."

　어린 왕자가 말했습니다.

　"그래, 찾아내지 못하지."

　"그들이 찾는 건 장미꽃 한 송이나, 물 한 모금에서도 얻을 수 있는데……."

　"그럴 수도 있겠지."

　"그러나 눈은 보지를 못해. 마음으로 찾아야 해."

　나는 물을 마시고는 크게 숨을 쉬었습니다.

　모래는 떠오르는 햇빛을 받아 꿀빛으로 반짝였습니다. 나는 이 꿀빛에서도 기쁨을 느꼈습니다.

"아저씨, 약속 지켜야지."

내 옆에 앉은 어린 왕자가 상냥하게 웃으며 말했습니다.

"무슨 약속?"

"내 양에 씌울 굴레 말이야. 난 그 꽃에 마음을 써 줘야 해."

나는 주머니에서 그려 둔 그림을 꺼내어 어린 왕자에게 주었습니다.

"내가 지구에 온 것 말이야……, 내일이 일 년째 되는 날이야."

어린 왕자는 말을 멈추었다가 다시 이었습니다.

"바로 여기 가까이에 내려왔었어."

나는 왠지 알 수 없는 설움이 복받쳐 올랐습니다.

"그럼 팔 일 전 내가 너를 처음 만났던 날 아침,

사람 사는 데서 수만 리 떨어진 곳에서 너 혼자 돌아다니고 있었던 건 괜히 그런 게 아니었구나! 네가 내려왔던 곳으로 돌아가는 길이었니?"

어린 왕자는 얼굴을 붉혔습니다.

나는 망설이다가 말을 이었습니다.

"일 년이 되어서 그런 거니?"

어린 왕자는 다시 얼굴을 붉혔습니다. 그는 물어 보는 말에 대답하는 일이 없었습니다. 그러나 얼굴을 붉히면 그렇다는 뜻이 아닙니까!

"겁이 나는구나!"

"아저씨는 이제 일을 해야 해. 비행기가 있는 곳으로 돌아가. 난 여기서 기다리고 있을 테니, 내일 저녁에 다시 와."

나는 마음이 놓이지 않았습니다. 여우 생각이 났습니다. 누군가에게 길들여지면 울게 될 수가 있는 것이었습니다.

Le Petit Prince

어린왕자

제 별로 돌아간 어린 왕자

 우물 옆에는 오래되어 허물어진 돌담이 있었습니다. 이튿날 저녁 일을 마치고 돌아오니, 어린 왕자가 그 위에 올라 앉아 다리를 늘어뜨리고 있는 게 보였습니다. 그리고 이런 말을 하는 게 들렸습니다.

"그래 넌 생각이 안 난단 말이야? 바로 여긴 아

니야."

그러고 나서

"아니야! 날짜는 맞지만, 자리는 여기가 아니야."

하는 것을 보면, 저편에서 무슨 대답이 있는 모양이었습니다.

나는 곧장 돌담을 향해 걸어갔습니다. 하지만 아무도 보이지 않고, 말소리도 들리지 않았습니다.

어린 왕자는 다시 말을 건넸습니다.

"그럼, 모래에 내 발자국이 어디서 시작하는지 봐. 거기서 기다리면 돼. 난 오늘 밤 거기 가 있을 테니."

나는 담에서 20미터쯤 되는 곳에 있었습니다. 그러나 여전히 아무도 보이지 않았습니다.

어린 왕자는 잠시 가만히 있다가 다시 말했습니다.

"너 좋은 독을 가지고 있니? 날 오랫동안 아프게 하지 않을 자신 있어?"

나는 가슴이 뭉클해져 걸음을 멈추었습니다. 그러나 무슨 말인지 여전히 알지 못했습니다.

"이젠 저리 가. 나 내려가고 싶어."

나는 담 밑을 내려다보다가 깜짝 놀라고 말았습니다. 삼십 초 만에 사람을 죽게 하는 노란 뱀 한 마리가 어린 왕자를 향해 머리를 쳐들고 있었던 것입니다.

나는 권총을 꺼내려고 주머니를 뒤지며 뛰어가기 시작했습니다.

뱀은 내 발소리를 듣자 잦아들어 가는 분수처럼 모래 속으로 기어 들어갔습니다. 그러더니 서두르지도 않고 돌 틈으로 사라져 버렸습니다.

내가 담 밑까지 갔을 때는 눈같이 핼쑥한 어린

왕자를 품에 받아 안을 시간밖에 없었습니다.

"이게 대체 어떻게 된 일이냐? 뱀하고 이야기를 다 하고!"

나는 그가 풀러 본 적이 없는 금빛 목도리를 벗겨 주고, 관자놀이를 적셔 주고, 물을 먹여 주었습니다. 그러나 무얼 물어 볼 생각은 조금도 하지 못했습니다.

어린 왕자는 나를 쳐다보다가 두 팔로 내 목을 껴안았습니다. 그의 가슴이 총에 맞은 새처럼 뛰는 것이 들렸습니다.

"아저씨가 비행기를 고치게 되어 참 좋아. 이젠 아저씨 집에 돌아갈 수 있게 됐으니까."

"그걸 어떻게 아니?"

나는 마침 비행기를 고치게 된 걸 그에게 알려 주기 위해 온 참이었습니다.

어린왕자

어린 왕자는 내 물음에는 대답하지 않고 덧붙여 말했습니다.

"나도 오늘 우리 집으로 돌아가. 거긴 아저씨네 집보다 훨씬 더 멀어. 가기도 힘들고……."

나는 무슨 일이 생겼다는 것을 깨닫고, 그를 어린애처럼 꼭 껴안았습니다. 그러나 어린 왕자는 끝없는 구멍 속으로 걷잡을 새 없이 빠져 들어가는 것만 같았습니다.

그의 눈길은 먼 데를 바라보고 있었습니다.

"난 아저씨가 준 양을 가지고 있어. 양을 넣어 둘 상자도 가지고 있고. 그리고 굴레도……."

어린 왕자는 쓸쓸하게 웃었습니다.

나는 오랫동안 어린 왕자를 지켜보고 있었습니다. 그의 몸이 차차 따뜻해져 오는 것을 느꼈습니다.

"얘야, 무서웠지?"

어린 왕자는 조용히 웃으며 말했습니다.

"응, 무서웠어. 그러나 오늘 저녁이 훨씬 더 무서울 거야."

나는 돌이킬 수 없는 일이 일어날 것 같아 등골이 오싹해졌습니다. 그리고 다시는 어린 왕자의 웃음소리를 들을 수 없다는 생각에 가슴이 미어지는 것 같았습니다. 내게 있어서 그 웃음소리는 사막의 샘과 같은 것이었습니다.

"얘야, 네 웃음소리를 더 듣고 싶구나."

그러나 그는 이런 말을 했습니다.

"오늘 밤이면 일 년이 돼. 내 별이 지난해 내가 떨어졌던 자리 바로 위에 와 있게 돼."

"그건 터무니없는 이야기야. 뱀이니 별이니 하는 건."

그는 내 말에는 대답을 하지 않았습니다.

"중요한 건 눈에 보이지 않는 거야."

"그렇지."

"꽃도 마찬가지야. 어떤 별에 있는 꽃을 좋아하면, 밤에 하늘을 쳐다보는 게 참 좋아. 어느 별이나 다 꽃이 피어날 테니까."

"그렇지."

"물도 마찬가지야. 아저씨가 내게 마시게 해 준 물은 음악 같았어. 도르래하고 밧줄 때문에 말이야. 아저씨, 생각나지. 물이 참 맛있었지……."

"응, 그랬어."

"아저씨, 밤이 되면 별들을 쳐다봐. 내 별은 너무 작아서 어디 있는지 아저씨한테 보여 줄 수가 없어. 그게 더 나아. 내 별이 아저씨에겐 여러 별들 가운데 하나가 될 거야. 그러면 아저씨는 어느 별이든 모두 쳐다보는 게 좋아질 거야. 그 별들이 모두 아저씨와 친해질 거고. 참, 아저씨한테 주고 싶은 선물이 하나 있어."

어린 왕자는 또 웃었습니다.

"얘야, 얘야! 난 네 웃음소리가 좋아."

"그게 바로 내가 말한 선물이야."

"그게 무슨 말이니?"

"사람들은 서로 다른 눈으로 별들을 보고 있어. 여행하는 사람에겐 별들이 길잡이가 돼. 학자들은 별들을 수수께끼로 생각하고. 내가 말한 장사꾼은 별을 금으로 알고 있어. 그렇지만 아저씨는 별을 다른 사람들처럼 보지 않게 될 거야."

"그건 또 무슨 말이냐?"

"내가 그 별들 가운데 하나에서 살고 있을 테니까. 내가 그 별들 중 하나에서 웃고 있을 테니까.

아저씨가 밤에 하늘을 쳐다보게 되면, 별들이 웃는 것처럼 보일 거야. 그러니까 아저씨는 웃을 줄 아는 별들을 가지게 되는 거지."

그러면서 그는 또 웃었습니다.

"그리고 아저씨, 슬픔이 가신 다음엔 나를 안 게 기쁘게 생각될 거야. 아저씨는 언제까지나 나하고 친구로 있을 거고, 나하고 웃고 싶어 할 거야. 그리고 괜히 창문을 열고 싶을 때가 있겠지.

아저씨가 하늘을 쳐다보는 걸 보면 친구들이 이상하게 여길 거야. 그러면 아저씨는 이렇게 말할 거야. '별들을 쳐다보면 난 언제나 웃음이 나네!' 그러면 친구들은 아저씨를 정신이 이상한 걸로 알 거야. 그럼 난 아저씨한테 몹쓸 일을 한 게 되는데······."

어린 왕자는 또 웃었습니다.

"그건 아저씨한테 별 말고 웃을 줄 아는 조그만 방울을 잔뜩 준 것과 같을 거야."

그리고 또 한 번 웃더니, 이번에는 웃음을 지운 얼굴로 말했습니다.

"아저씨, 오늘 밤엔 오지 마."

"난 네 곁을 떠나지 않을 거다."

"난 아픈 것 같이 보일 거야. 마치 죽는 것처럼 보일 거야. 그런 걸 보러 올 것 없어."

"난 네 곁을 떠나지 않을 테다."

그는 걱정이 되는 눈치였습니다.

"아저씨한테 이런 말을 하는 건 뱀 때문이기도 해. 아저씨가 뱀한테 물리면 어떻게 해. 뱀들은 사나워. 괜히 물 수도 있어."

"그래도 난 네 곁을 떠나지 않겠어."

어린 왕자는 무슨 생각이 들었는지 마음이 놓이

는 표정을 지었습니다.

"하긴 두 번째 물 땐 독이 없긴 하지만."

나는 그날 밤 어린 왕자가 길을 떠나는 것을 보지 못했습니다. 소리 없이 살그머니 떠나간 것이었습니다.

내가 그 애를 따라갔을 때, 그는 빠른 걸음으로 걷고 있었습니다.

나를 보자, 이렇게 말할 뿐이었습니다.

"아! 아저씨 왔어?"

그는 내 손을 잡았습니다.

"아저씨가 온 건 잘못이야. 걱정을 하게 될 테니까. 난 죽는 것처럼 보이겠지만 정말은 그렇지 않아."

나는 잠자코 있었습니다.

"아저씨, 내가 가는 곳은 너무 먼 데야. 난 몸을

가지고 갈 수가 없어. 너무 무거워서."

 어린 왕자는 기운이 좀 빠진 것 같았습니다. 그러나 다시 힘을 내었습니다.

 "아저씨, 나도 별들을 쳐다볼 거야. 그러면 모든 별들이 녹슨 도르래가 달린 우물이 될 거야. 모든 별들이 내게 물을 마시게 해 줄 거야."

나는 잠자코 있었습니다.

"참 재미있을 거야! 아저씨는 작은 방울이 오억 개가 있을 거고, 난 샘이 오억 개 있을 거고."

그러고는 입을 다물었습니다. 울고 있었던 것입니다.

"다 왔어. 나 혼자 한 걸음 내딛게 가만둬."

어린 왕자는 주저앉았습니다. 겁이 났던 것입니다.

"아저씨, 내 꽃 말이야……. 그건 내게 책임이 있어. 그 꽃은 몹시 약해, 또 몹시 순진하고. 보잘것없는 가시 네 개를 가지고 자기를 지키려고 해."

나도 더 서 있을 수가 없어 앉았습니다.

어린 왕자가 말했습니다.

"자, 이뿐이야."

어린 왕자는 잠깐 망설이다가 몸을 일으켰습니

다. 그러고는 한 걸음 내디뎠습니다.

  나는 꼼짝도 할 수가 없었습니다.

  그의 발목에서 노란빛이 반짝하는 것 같았습니다. 그는 잠시 동안 그대로 서 있었습니다. 소리를 지르지도 않았습니다. 그는 나무가 넘어지듯 조용히 쓰러졌습니다. 모래 위라서 소리조차 나지 않았습니다.

Le Petit Prince

어린왕자

가장 아름다운 그림

 그것이 지금으로부터 벌써 여섯 해나 됩니다. 그러나 나는 아직 이 이야기를 한 적이 없습니다.
 나를 다시 본 사람들은 내가 살아 돌아온 것을 무척 기뻐했습니다. 그러나 나는 슬펐습니다.
 지금은 그 설움이 좀 가셨습니다. 나는 그 애가 제 별로 돌아간 것을 잘 압니다. 해가 뜰 무렵에

보니 그의 몸이 사라졌던 것입니다.

나는 밤에 별들의 소리를 듣기 좋아합니다. 그

건 오억 개의 방울과 같습니다.

나는 어린 왕자에게 그려 준 굴레에 가죽 끈을 달아 주지 않은 것을 떠올렸습니다. 그 애는 굴레를 양에게 씌우지 못했을 것입니다.

나는 이런 걱정을 합니다.

"그 애 별에 무슨 일이 생긴 건 아닐까? 양이 꽃을 먹어 버렸는지도 몰라."

또 이런 생각도 합니다.

"그럴 리가 없어! 어린 왕자는 밤마다 꽃에 바람막이를 씌우고, 양도 잘 지킬 테니까."

그러면 나는 행복해집니다. 그리고 별들은 모두 조용히 웃습니다.

어떤 때는 또 이런 생각도 듭니다.

'언제고 한 번은 잊어버릴 수도 있는데. 저녁에 바람막이를 씌우는 걸 잊는다든가, 양이 밤중에

소리 없이 상자에서 나오기라도 하면 큰일이야.'

그러면 저 별 방울들은 모두 눈물로 바뀌어 버립니다.

이것은 크나큰 수수께끼입니다. 양이 장미꽃을 먹었느냐, 먹지 않았느냐에 따라 하늘과 땅이 온통 달라지기 때문입니다.

하늘을 쳐다보며 이렇게 생각해 보세요.

"양이 꽃을 먹었을까, 먹지 않았을까?"

그러면 세상이 얼마나 달라지는지 알 수 있을 것입니다. 그러나 어른들은 그런 것이 그다지 중요한 것임을 알지 못할 것입니다.

이 그림이 내게 있어서는 이 세상에서 가장 아름답고 쓸쓸한 모습입니다. 이것은 앞 장의 것과 같은 모습이지만, 똑똑히 보여 주려고 다시 그린 것입니다.

　어린 왕자가 지구에 왔다가 사라진 곳이 여기입니다. 언제고 아프리카의 사막을 여행하게 되면, 여기구나 하고 곧 알아볼 수 있게 찬찬히 봐 주세요. 그리고 그곳을 지나게 되거든, 부디 걸음을 빨리하지 말고 바로 별 아래에서 기다려 주세요.

　어떤 아이가 여러분에게 오면서 웃으면, 그 애의 머리가 금발이고, 말을 걸어도 대답이 없으면, 여러분은 그가 누구인지 알 것입니다.

　그때는 친절을 베풀어 주세요. 내가 마냥 슬퍼하도록 버려두지 말고, 편지를 보내 주세요. 그 애가 돌아왔다고…….

지은이에 대하여

생텍쥐페리
(Antoine Marie Roger De Saint Exupery, 1900~1944)

생텍쥐페리는 1900년 6월 29일 프랑스 리용에서 태어나, 열두 살 때 처음으로 비행기를 타 보았습니다. 바이올린을 배워 예술가로서의 싹을 틔우기도 했습니다. 이런 일은 그의 꿈인 비행사와 소설가가 되는 데 도움이 되었을 것입니다.

스물두 살 때 비행기 조종사가 된 그는, 스물여섯 살 때부터 비행기를 몰았습니다. 이 무렵 겪은 것을 소설로 쓴 것이 『남방 우편기』입니다. 이 소설은 알지 못하는 세계의 아름다움을 찾으려는 비행사의 마음을 그렸습니다.

스물아홉 살이 되자 생텍쥐페리는 아르헨티나의 우편 항공 회사로 일자리를 옮겼습니다. 『야간 비행』은 이때 겪은 것을 바탕으로 쓴 소설입니다.

서른다섯 살 때는 비행기가 갑자기 땅에 내려앉게 되어, 배고픔과 목마름에 시달리며 5일 동안이나 사막을 헤매고 다니다 가까스로 살아났습니다.

서른아홉 살에는 『인간의 대지』라는 소설을 내놓았습니다.

이 작품은 안데스 산맥에 떨어진 조종사가 온갖 어려움을 무릅쓰고 살아 돌아온 이야기 등을 담고 있습니다.

제2차 세계대전이 일어나자 생텍쥐페리는 정찰 비행대에 들어가 적의 비행기를 살피는 일을 했습니다. 그러다가 프랑스가 독일에 지자 미국으로 건너갔습니다.

마흔두 살 되던 해에는 『어린 왕자』를 내놓았습니다. 이 동화는 생텍쥐페리가 서른다섯 살 비행기가 사막에 갑자기 내려앉았을 때 겪은 것이 바탕이 되지 않았나 생각됩니다.

독일이 지기 시작하자 그는 다시 전에 있던 비행대에 들어갔습니다. 그리고 1944년 7월 31일, 비행기를 몰고 코르시카를 떠난 그는 끝내 돌아오지 않았습니다.

그의 작품에는 어려움을 이겨 내고 사랑을 베푸는 아름답고 훌륭한 사람들의 모습이 잘 그려져 있습니다.